EL BEBE
de los osos Berenstain

The Berenstain Bears'
NEW BABY

This way to Bear Country
You'll Know when You're there
As soon as you enter
You'll feel like a bear

A Random House PICTUREBACK®

EL

Stan &
Jan Berenstair

Spanish translation Copyright © 1982 by Random House, Inc. Copyright © 1974 by Stanley and Janice Berenstain. All rights reserved under International and Pan-American Copyright Conventions. Published in the United States by Random House, Inc., New York, and simultaneously in Canada by Random House of Canada Limited, Toronto. *Library of Congress Cataloging in Publication Data:* Berenstain, Stan [date] El bebé de los osos Berenstain = The Berenstain Bears' new baby. Spanish text. SUMMARY: Small Bear outgrows the bed his father made him when he was a baby—and none too soon. [I. Bears—Fiction. 2. Brothers and sisters—Fiction. 3. Spanish language materials] I. Berenstain, Jan [date] II. Title. PZ73.B393 1982 [468.6] 81-12193 ISBN: 0-394-85144-7 (pbk.); 0-394-95144-1 (lib. bdg.) AACR2

Manufactured in the United States of America   1 2 3 4 5 6 7 8 9 0

BEBE *de los osos Berenstain*

The Berenstain Bears' NEW BABY

translated into Spanish by
Pilar de Cuenca and Inés Alvarez

Random House 🏠 **New York**

Al bajar por un camino soleado, pasar un puente de madera, y subir una colina cubierta de hierba, en medio del País de los Osos, vivía una familia de osos—Papá Oso, Mamá Osa, y Nene Osito.

Down a sunny dirt road, over a log bridge, up a grassy hill, deep in Bear Country, lived a family of bears—Papa Bear, Mama Bear, and Small Bear.

Vivían en un gran árbol dentro
del cual Papá Oso había hecho un
hueco y preparado una casa.

They lived in a large tree that Papa Bear had
hollowed out and made into a house.

Era una casa muy buena.
Era así por dentro.

It was a very fine house.
This is what it looked like inside.

Era agradable crecer en el País de los Osos . . .

It was fun growing up in Bear Country . . .

ayudar a Papá a recoger miel de los panales . . .

helping Papa get honey from the old bee tree . . .

y ayudar a Mamá a recoger
los vegetales del huerto.

helping Mama bring the vegetables
in from the garden.

En el País de los Osos había toda clase de cosas interesantes que un osito podía ver y hacer.

There were all sorts of interesting things for a small bear to do and see in Bear Country.

Osito se sentía bien al vivir en su árbol
. . . al tener su propio dormitorio . . . y
su camita cómoda que Papá Oso le hizo
cuando era un bebé.

Small Bear felt good growing up in a tree . . . in his
own room . . . in the snug little bed that Papa Bear
had made for him when he was a baby.

Pero una mañana, no se sintió tan bien.
Osito se despertó con dolor en las rodillas y
en las piernas.

But one morning, it did not feel so good. Small
Bear woke up with pains in his knees and aches
in his legs.

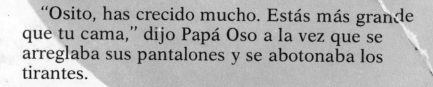

"Osito, has crecido mucho. Estás más grande
que tu cama," dijo Papá Oso a la vez que se
arreglaba sus pantalones y se abotonaba los
tirantes.

"Small Bear, you have outgrown your little bed," said Papa
Bear as he hitched up his overalls and buttoned his shoulder
straps.

"¡Hoy vamos a ir al bosque para hacerte una cama mayor!"

"Today we will go out into the woods and make you a bigger one!"

Así que Papá Oso se desayunó con su cereal caliente . . .

With that, he ate his breakfast of piping-hot porridge . . .

y tomó un trago de miel de la jarra llena de miel . . .

washed it down with a gulp of honey from the family honey pot . . .

tomó su hacha, y
salió por la puerta.

took up his ax, and was
out the door.

"Pero, Papá," exclamó Osito, que
lo seguía. "¿Qué le va a pasar a mi
camita?"

"But, Papa," called Small Bear, following
after him. "What will happen to my little bed?"

"No te preocupes, Osito," dijo Mamá Osa al cerrar la puerta.

"Don't worry about that, Small Bear," said Mama Bear as she closed the door after him.

Ella sonrió y acarició su barriga
que se había puesto últimamente muy
grande y redonda.
  "¡Has crecido mucho y en el momento
oportuno ya no cabes en tu cama!"

She smiled and patted
her front, which had
lately grown very big and
round.
  "You've outgrown that
snug little bed just in
time!"

"¿Qué le va a pasar a mi camita?" preguntó Osito cuando alcanzó a Papá Oso. Pero Papá Oso estaba afilando su hacha en la piedra de afilar y no lo oía.

"What will happen to my little bed?" Small Bear asked as he caught up with Papa Bear. But Papa was sharpening his ax on his grinding stone and didn't hear.

"Verdaderamente," dijo Papá Oso. "Necesitas una cama donde puedas estirarte—sin que te den dolores en las rodillas y piernas."

"Yes, indeed," said Papa Bear. "You need a bed you can stretch out in—a bed that will not give you pains in your knees and aches in your legs."

Probó el hacha
para ver si estaba
afilada,

He tested the ax to
see if it was sharp,

y se fue al bosque.

then headed off into the
woods.

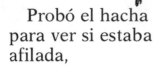

"¿Qué le va a pasar a mi camita?" preguntó Osito otra vez al acercarse a su papá en medio del bosque. Papá Oso acababa de cortar un árbol y lo dividía en tablas.

"Pronto vamos a tener un bebé que necesitará esa camita," dijo Papá Oso a la vez que cortaba otra tabla.

"What will happen to my little bed?" Small Bear asked again as he caught up with Papa Bear in the woods. Papa had chopped down a tree and was splitting it into boards.

"We will have a new baby soon who will need that little bed," said Papa Bear as he whacked off another board.

"¿Un bebé?" preguntó Osito. (El no se había dado cuenta que Mamá Osa había engordado mucho, aunque *sí* había notado que era más difícil sentarse en su regazo.)

"¿Y el bebé viene pronto?"

"¡Sí, *muy* pronto!" dijo Papá Oso.

Con un golpe final cortó la última tabla, con la cual tenía la madera necesaria para hacerle una cama mayor a Osito.

"A new baby?" asked Small Bear. (He hadn't noticed that Mama Bear had grown very round lately, although he *had* noticed it was harder and harder to sit on her lap.)

"And it's coming soon?"

"Yes, *very* soon!" said Papa Bear.

With a final whack he split off the last board, which gave him enough wood to make a bigger bed for Small Bear.

Hicieron una cama mayor y dedicaron el resto del día para lijarla y pulirla.

Después la llevaron para el árbol y la subieron al dormitorio de Osito.

They made the bed a good size and took the rest of the day to chip and shave it smooth and neat.

Then they carried it back to the tree and up to Small Bear's room.

En cuanto entraron, Osito
vio en seguida que su camita
no estaba allí.
"¡Mi camita!" dijo Osito.
"¡Ya no está aquí!"

When they got there, Small Bear
noticed right away that his old bed
wasn't there anymore.
"My little bed!" said Small Bear.
"It's already gone!"

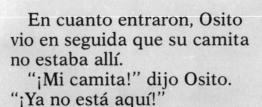

"Has crecido mucho y ya no cabes en tu cama
justamente cuando ésta hacía falta," exclamó Mamá
Osa desde el otro cuarto. "Ven y verás."

"You outgrew it just in time," called Mama Bear from the next room.
"Come and see."

¡Era cierto! Allí estaba su camita y en ella había
otro bebé osito.

Osito había crecido y ahora su camita era para su
hermanita. ¡Ahora *él* era *el hermano mayor!*

It was true! There was his snug little bed with a new little baby
in it.

Small Bear had outgrown his snug little bed just in time for his
new baby sister. And now *he* was a *big brother!*

La osita era pequeñita pero muy viva. Cuando Osito se inclinó para verla mejor, ella le dio en la nariz con su puñito.

She was very little but very lively. As Small Bear leaned over for a closer look, she popped him on the nose with a tiny fist.

"Humm," dijo Osito. "Para ser
una bebita tiene un buen puño."

"Hmm," said Small Bear. "She
has a pretty good punch for a little baby."

Osito se estiró lleno de
orgullo en su cama grande
esa noche.

"¡Ah!" dijo. "Va a ser
divertido ser el hermano mayor."

That night he stretched out
proudly in his bigger bed.
"Aah!" he said. "Being a
big brother is going to be fun."

A la mañana siguiente se despertó bien, sin dolor en las rodillas ni en las piernas.

Sin embargo, su nariz aún le dolía un poco.

The next morning he woke up feeling fine, with no pains in his knees or aches in his legs.

His nose was a little tender, though.